Tim Calene

Histoires
de l'autre côté

Roman

Aux gens fauchés par le destin, partis trop tôt, coincés entre deux mondes…

Merci à Nadia pour sa magie,
Merci à tous les amis pré lecteurs
Ô combien indispensables.
Et merci à tous ceux qui partagent
Leur temps à croire en moi…

De l'autre côté, Fiona

Je me dépêchais, j'avais hâte d'arriver, encore plus que d'habitude et je ne savais pas pourquoi, une sensation bizarre me traversait. Je croisais la voisine en lui souriant mais elle garda son regard planté droit devant elle sans même me regarder. Bizarre !
Ce n'était pas dans ses habitudes mais elle devait sans doute être perdue dans ses pensées, ce qui m'arrivait aussi parfois.
J'étais encore à une centaine de mètres de notre maison, un joli pavillon en bois blanc avec une grande avancée de terrasse couverte et une jolie balancelle à l'entrée.

Je me suis installée à Carmel il y a quelques années, une charmante petite ville californienne que nous avions traversée avec Claude, mon premier mari, lorsque nous venions tout juste de nous rencontrer.

Nous avions séjourné au Mission Ranch Hôtel, une propriété touristique appartenant à Clint Eastwood. J'en garde un souvenir merveilleux. Claude avait choisi le « Honey Moon cottage » en sapin naturel, entouré d'une clôture en palissade blanche. La vue plongeait sur la vallée avec en premier plan un troupeau de moutons à tête noire en semi-liberté. J'avais toujours rêvé d'y retourner.

Carmel est hors du temps, situé dans la péninsule de Monterey, face à l'océan Pacifique.
Je me souviens de ces senteurs de cyprès et d'eucalyptus qui flottaient dans l'air en remontant de l'océan. Avec ses allures de petit village européen, on la croirait tout droit sortie d'un conte de fée. Il faisait bon se balader en centre-ville, dans les petites ruelles pittoresques, au milieu des cottages et des chaumières cosy. Cette ville est comme protégée du futur, il y a notamment des tas de choses bizarres qui m'ont plu et souvent fait sourire comme l'interdiction de marcher en talons hauts, de manger des glaces dans la rue ou encore de mâcher du chewing-gum. Il n'y a pas non plus de grands magasins ni de chaines de restaurant, ils sont tout simplement interdits. Comme les parcmètres et les lampadaires qui sont inexistants.

J'étais presque arrivée quand je vis de loin, Tom, sortir en trombe de la maison complètement paniqué. Il fonçait sans me voir, passant très vite devant moi au risque de me percuter me frôlant au dernier moment.

Je criais
- Tom !! Que se passe-t-il ?

Il poursuivit sa course sans prendre la peine de me répondre ; je ne comprenais plus rien. Ma voisine qui ne m'avait pas vue et ensuite Tom, complètement affolé.

Il me fallait vite arriver à la maison.

Fiona !!!

Lorsque j'ai rencontré Tom, j'étais à l'opposé d'une vie de couple stable et rangée. Et je n'en voulais pas, j'avançais vers des jours opaques, fatiguée et sans perspective aucune. Mais comme le hasard a tout prévu, j'allais à nouveau être surprise…

Je marche seule, je me sens bien, légère et heureuse emplie d'une douce sensation de bonheur.

Mon lourd passé qui s'estompe, je file tout droit vers mon destin retrouvé.

Avec Tom, ma vie prit un tout autre sens, un nouveau départ, une page nouvelle s'ouvrait enfin.

Je viens de Boston ou j'ai passé la plus grande partie de ma vie. J'ai grandi dans cette ville qui me plaisait mais un jour son rythme devint insoutenable. J'avais besoin de tranquillité après ce qui était arrivé. J'ai choisi Carmel car je m'y sentais bien, comme protégée de tout.

J'adore flâner dans les rues de cette charmante petite ville d'une autre époque, comme à travers l'histoire. Je m'imagine plus jeune, insouciante, sans le moindre problème. Je souris à la vie comme pour la remercier de ce nouveau cadeau.

C'est si simple parfois d'être heureuse, d'être soi-même, de sourire aux gens, comme ça sans retour.

Je rentre à la maison retrouver mes deux amours. Ce soir j'ai envie de préparer un bon dîner.

Quand je dis un bon diner, c'est juste une ratatouille avec du saumon en papillote car Fiona adore ça, c'est comme une surprise pour elle à chaque fois.

Ce n'est pourtant rien d'exceptionnel mais les choses extraordinaires sont finalement les plus simples quand on y repense plus tard.

On se fait parfois ce genre de réflexion quand on cherche une surprise, on veut en mettre plein la vue, marquer le coup pour s'en rappeler indéfiniment. Mais ce ne sont pas ces choses-là dont on se souvient lorsqu'un drame arrive, c'est au contraire la somme des petits gestes et des mots simples. Les petites attentions au coin de la porte avant de partir, les regards à la sauvette empreints d'un sourire malicieux, une main qui se pose sur l'épaule en passant quand l'autre est occupé et qu'on ne veut pas le déranger, une caresse dans les cheveux, une grimace rien que pour nous. C'est l'ensemble de ces petits détails qui disent l'amour et qui tissent la trame des souvenirs sans oublier les repas de famille que tant de gens trouvent ennuyeux.

Je ferai aussi une charlotte aux fraises avec de la crème fouettée vanillée, mais ça c'est pour moi, je suis gourmande et c'est mon péché mignon depuis ma tendre enfance. Lorsque maman la préparait, je restais à côté d'elle tout le temps pour goûter en premier et voler avec mon doigt cette gourmandise blanche.

Je profitais de ma nouvelle vie merveilleuse arrachée à mon passé par Tom, libérée d'une existence qui ne méritait plus d'être vécue…

J'étais mariée à Claude, pilote de ligne à American Air line, du moins ce que j'ai cru pendant des années. Notre vie était devenue ennuyeuse après avoir été si passionnante. Lorsque nous nous sommes rencontrés, nous étions très jeunes et l'avenir se déroulait comme un tapis rouge. Nous nous sommes tout promis et surtout de ne jamais nous quitter comme tous les jeunes couples, certains que seule la mort nous séparerait et c'est ce qui arriva.

- Maman c'est quoi la surprise ? me demande t elle a chaque fois ?

- Ouvre ma chérie tu verras bien…

- Ouaaiiis c'est encore du saumon !!

- Mais tu adores ça, non ?

- Oui mais pourquoi en faire en surprise alors si c'est toujours la même chose ?

Les enfants ont toujours le dernier mot, toujours…

Ils nous apprennent tellement quand on sait les écouter et les regarder.

Fiona venait d'avoir 6 ans et cet amour m'avait réconcilié avec la vie.

Tom adore la ratatouille, une recette que sa maman partie un peu trop tôt m'avait transmise pour qu'il retrouve la magie des douces heures à travers l'alchimie des saveurs. Elle venait souvent le dimanche, prenait possession de la cuisine et avec un immense plaisir, coupait les légumes, les préparait, puis faisait mijoter le tout à feu doux dans une énorme marmite en gré rouge ramené d'un voyage en Provence dans le sud de la France. Elle n'oubliait pas de rajouter un beau filet d'huile d'olive. C'était, je pense un moment privilégié. Elle passait ainsi la journée avec nous, jouait ensuite au scrabble avec Fiona.

- C'est pour lui apprendre les jolis mots, disait-elle en souriant.

Toute la matinée, les senteurs se répandaient partout dans la maison, autant dire que le repas était attendu avec impatience.

Tom me parlait souvent de ces dimanches quand sa mère nous laissa, comme s'il avait besoin de revivre ces instants le plus souvent possible.

Chaque fois qu'il la goûte, il lève les yeux vers moi avec dans son regard la même émotion qui me fait fondre à l'intérieur.

Il aimait profondément sa mère. Il y avait entre eux quelque chose de fusionnel qui au début me surprit un peu. J'avais parfois l'impression d'être en concurrence mais je chassais ces pensées d'un revers de la main.

Il essayait néanmoins de faire la part des choses. Je sais qu'il m'aime profondément, mais depuis que sa maman est partie, même si je n'ose le formuler ainsi, il m'aime vraiment plus fort ou plus librement plutôt comme s'il pouvait se le permettre à présent.

Sa mère m'a tout de suite aimée. Ce fut comme une évidence entre nous et mon affection pour elle était profonde et d'une grande pureté. Ayant perdu ma mère assez tôt, cet amour était un cadeau de la vie. Je pense que Tom l'aimait si fort qu'il avait du mal à aimer deux personnes avec la même intensité sans culpabiliser.

Depuis son départ il est si présent, si protecteur et si amoureux que je me sens aimée et en sécurité plus que toute personne sur terre.

Fiona, elle, sait juste que sa grand-mère est sur un nuage au-dessus de la maison et qu'elle nous protège.

Alors de temps en temps elle lui parle, sort sur la terrasse comme si elle la voyait puis elle crie

- Mamie mamie ! Maman a encore fait sa surprise au saumon, je lui ai pourtant dit que je savais ce que c'était mais elle continue, tu viens ? Elle a fait ta ratatouille aussi…

- Fiona, viens à table maintenant !

- Mais j'appelais mamie !! Elle a dû aller faire un tour de nuage !

- Allez va chercher papa et à table !

- Waouh, une surprise au saumon ! Crie-t-elle en se moquant de moi et en riant.

Tom avait entouré notre maison de jolis arbustes à fleurs de toutes les couleurs et chaque saison c'était un tableau merveilleux qui surgissait à nouveau mouvant et coloré.

Une magnifique clôture en bois blanc de style Nouvelle Orléans terminait d'enlacer cette demeure de charme.

Il avait acheté cette maison pour moi car il avait surpris un jour, au début de notre rencontre, une conversation avec sa mère. Je lui disais que je rêvais d'une maison blanche avec des volets bleus et il m'avait fait la surprise de s'arrêter devant cette maison le jour de mon anniversaire…

- Je te souhaite un très bel anniversaire mon Ange me dit-il en me contemplant de ses yeux toujours emplis d'amour.

- Merci mon chéri, mais que faisons-nous là ? pourquoi t'arrêtes-tu ici ?

- Regarde autour de toi !

- Je tournais la tête vers la droite, je vis cette jolie maison blanche sans vraiment comprendre.

Il prit son téléphone,

- Vous pouvez sortir, dit-il.

Je vis arriver Fiona avec au bout de sa petite main celle de sa grand-mère, je restais figée sans pouvoir regarder Tom, mes yeux bientôt noyés de larmes.

- Je ne comprends pas ... me suis-je entendu dire comme si je voulais faire durer ce moment magique et merveilleux.

Je sentis sa main recouvrir la mienne avec une douceur divine.

- Joyeux anniversaire mon amour,

Je me jetais dans ses bras, me fondant contre son torse pour y enfouir mes larmes de joie.

- Merci merci merci !!

J'étais folle de bonheur ! Elle ressemblait en tous points à celle de mes rêves comme s'il les avait partagés.

Cette maison abritera nos plus beaux moments.

Moi qui pensais ne plus croiser le bonheur après avoir été tant meurtrie par les frasques de l'amour aux cent visages et par la vie impitoyable.

J'allais d'illusions en désillusions depuis plusieurs années quand je rencontrai Tom, je l'ai vu arriver vers moi avec méfiance. Je me figurai un boulet de plus, le gars trop gentil qu'on gobe tout cru et dont on jette la carcasse par-dessus l'épaule.

Il venait d'arriver à ma hauteur avec toute la douceur du monde, que je pensais déjà ;

« Passe ton chemin ou je vais te broyer, je ne suis pas fréquentable et puis c'est bien connu, les gentils n'ont pas les filles… »

Mais le destin ne voyait pas les choses comme moi ce jour-là pensant certainement que je devais être secourue.

Et comme il ne ressemblait pas à tous les Bad boys sur lesquels je me ruais et qui me jetais ensuite je ne fis même pas attention à lui lorsqu'il s'arrêta pour me demander quelque chose.

Le visage fermé et prête à mettre fin à cette intrusion en quelques secondes, je le toisais.

- Bonjour, excusez-moi, je ne voudrais pas vous importuner, sauriez-vous où se trouve la meilleure boulangerie du quartier. Je voudrais acheter une charlotte aux fraises pour l'anniversaire de ma mère ce soir.

    Nous venons d'emménager à Carmel ensemble nous venons de perdre mari et père.

- Oh je suis désolée pour vous… Il y a justement au bout de la rue une charmante petite boulangerie. On y trouve des choses délicieuses.

Je m'en voulais d'avoir eu des pensées si dures, sans raison, comme si tous les garçons de la terre voulaient seulement me séduire…

Je peux être odieuse et prétentieuse parfois…

La vie m'avait rendue cynique, dédaigneuse et méfiante envers les hommes.
Conséquence peut être d'un physique trop avantageux qui empêche de voir l'essentiel de la personne. Mais j'appris cependant à mes dépens que la beauté ne sert à rien avec certaines personnes qui ne la voient même pas pouvant desservir, entraver le devenir d'une relation.
Seuls ceux qui cherchent le reflet de l'âme vous abordent spontanément au-delà de votre physique comme pour se retrouver et se reconnaître en vous. Bien souvent à cause de ces préjugés, nous passons à côté de l'essentiel dans ce genre de relation basé sur l'apparence et la séduction physique.
On perd un temps fou à séduire le mauvais côté de la personne alors que l'âme n'a besoin d'aucun artifice pour se magnifier.

- Ça va, me dit-il d'une voix si douce, il est parti, il y a un an, nous avons voulu changer de lieu pour mieux franchir le cap de la faucheuse. Depuis que nous sommes ici, ça va beaucoup mieux, je sens que ma mère reprend un peu goût à la vie.

Et comme si quelqu'un parlait à ma place, je me suis entendu dire :

- Je ne vais pas vous laisser fêter son anniversaire tout seul. Venez donc chez moi ce soir avec votre maman !

- C'est très gentil, mais non ! J'ai eu vraiment l'impression de vous importuner quand je vous ai abordée, merci. Je vous souhaite une bonne soirée.

Je fus d'abord surprise qu'il ait pu détecter mon agacement, alors je pris une grande inspiration et affirmai sans lui laisser le choix :

- Ce n'est pas négociable, et puis je fais les meilleures charlottes aux fraises du monde…

J'habite rue Monte Verdé au numéro 5, c'est deux rues plus loin. On va dire huit heures ; il y a une girouette verte avec un petit oiseau jaune sur la boite aux lettres.

Je tournai les talons sans attendre sa réponse et il ne vit pas mon grand sourire.

Je ne savais pas pourquoi j'avais agi ainsi mais j'étais fière de moi !

Je regardais ma montre, il était déjà 11 h 30. Il fallait que je m'active. Je me demandais déjà si j'avais bien fait, c'était si inhabituel pour moi d'agir de la sorte…

Je ne me souvenais même pas de son visage tellement j'étais sur la défensive et voilà que je l'invitais chez moi prenant le risque de lui ouvrir les portes de ma vie.

Me revenaient juste ses yeux qui me fixaient, un drôle de regard gris vert, pénétrant et que je fuyais...

Qu'est-ce que j'allais bien pouvoir faire avec ma charlotte. C'est tout moi ça, m avancer sans prévoir ! Bon il faut y aller !!

J'habitais un beau petit cottage dans un vieux quartier. Il était à mon goût et me ressemblait, mais aucun homme n'en franchissait le seuil. C'était la règle ; c'est moi qui allais chez eux, plus facile ainsi de se replier et de s'enfuir.

Jusqu' à Tom ...

Il était presque huit heures, tout était prêt. J'avais dressé une jolie table fleurie avec quelques bougies et un beau service, chose que je n'avais pas fait depuis très longtemps.

Cette invitation fortuite me faisait plaisir et bousculait mes habitudes, je ne recevais que très rarement, pour ainsi dire jamais.

C'est toujours moi qui sortais ou qui allais chez les autres.

Je ne comprenais pas ce qui m'arrivait si soudainement mais je ne regrettais rien.

L'idée de recevoir des inconnus qui ne connaissaient rien à ma vie était excitante, une sensation de bien-être s'emparait de moi.

Huit heures cinq, personne, n'avais-je pas été trop directe ou trop dirigiste… ? Ces pensées m'habitaient encore lorsqu'on frappa à la porte délicatement.

Un vent de douceur me traversa.

Je découvris Tom comme si je le voyais pour la première fois et sa maman, une dame raffinée, à l'air si tendre avec un brin de tristesse dans le regard.

Je lui tendis la main.

- Bonjour, Je m'appelle Corinne, je vous souhaite un très heureux anniversaire. Puis je vous embrasser pour l'occasion ?

- Bien sûr avec plaisir, me répondit elle d'une voie très douce. Je m'appelle Margie, je vous remercie de cette invitation inattendue, c'est vraiment très aimable à vous.

Tom me tendit la main et son regard me transperça, mes jambes se mirent à trembler comme si le sol allait se dérober sous moi.

- Entrez, je vous prie, soyez les bienvenus.

La soirée fut exquise. Chacun parlait de sa vie en dévoilant ce qu'il voulait bien, comme sur un terrain neutre et vierge.

Tom était architecte, la trentaine, je dirai. Fraîchement arrivés en Californie avec sa maman, ils vivaient ensemble pour le moment, le temps pour chacun de reprendre les rênes de sa propre vie.

- Et vous que faites-vous ? demanda Tom

- Je suis journaliste, j'écris des articles dans le journal local de la ville, le Time Carmel news.

Nos yeux se cherchaient s'évitant tout à la fois, je regardais cet homme qui ne ressemblait pas à ceux qui, habituellement, m'attiraient. J'étais littéralement Subjuguée…

Habituellement…

Comme si tout devait correspondre à chaque fois, pourtant un léger détail me troublait par ailleurs.

Moi qui avais toujours connu des hommes
        plus âgés,
j'apprenais que Tom avait 36 ans, six de
        moins que moi.

Ça ne pouvait pas être possible !!

Tout était si diffèrent de ce que j'avais connu jusqu'à présent… Je savourais ces nouvelles sensations en m'abandonnant à cette rencontre inattendue.

La soirée touchait à sa fin, la maman de Tom avait l'air bien, elle avait même esquissé quelques sourires…

Lorsqu'ils sont partis, je ressenti une sensation de vide inattendue comme si ce petit moment chaleureux d'échanges venait de me réconcilier avec la vie.

Nous nous sommes revus plusieurs fois ensuite, d'abord en ville pour le café du matin près de la plage à Carmel Beach City Park pendant quelques mois. Puis chez lui, jusqu'à ce qu'un jour il se réveille chez moi au petit matin.

Tom était patient comme s'il savait qu'il fallait aller doucement, il ne posait jamais de questions qui puissent me déranger. Il était fort délicat et me laissait venir à lui au fil des jours à la faveur d'une complicité qui s'installait peu à peu.

J'avais besoin de parler de mon passé à quelqu'un mais il me fallait encore du temps. Tom devait le pressentir m'assurant de sa disponibilité et de son écoute. Notre rencontre devait avoir lieu. Nous en découvririons la raison plus tard, il en était persuadé.

Nous nous rejoignions tous les matins à City Park pour notre café quotidien et ça me plaisait de commencer la journée ainsi. Il ne forçait rien, jamais il ne demandait quand on se reverrait ou si on ne pouvait pas envisager d'autres perspectives. J'adorais ça !

Jusqu'à ce que je lui dise un jour :

- Tom, cela fait quelques mois que l'on se retrouve chaque matin pour notre café et j'aime ce moment-là avec toi. Aujourd'hui j'ose te proposer que nous dinions ensemble un soir à venir. Qu'en penses-tu ?

Tom sourit comme s'il l'avait demandé lui-même, il devait attendre cet instant depuis longtemps probablement.

- J'en serais ravi, Corinne, chaque jour j'ai voulu te le demander mais une petite voix me disait d'attendre.

Nous nous retrouvâmes le soir même au Casanova's restaurant, un des endroits les plus romantiques de Carmel.

Avec sa terrasse ombragée, sa cuisine familiale italienne et Française, nous étions à l'endroit idéal pour ce premier rendez-vous.

J'approchais à toute allure de la maison et vis au loin Serge, un ami de Tom assis sur les marches du perron la tête entre les mains.

Plus j'avançais et plus grandissais mon appréhension, la situation semblait grave…

Fiona !

Il était arrivé quelque chose à Fiona !

- Serge, que se passe-t-il ?

Il ne leva même pas la tête.

- Serge ?

J'avançais ma main pour le toucher et stupéfaction… Le choc ! Ma main passa au travers du bras de Serge sans que j'éprouve la sensation de le toucher et sans qu'il réagisse !

Je hurlai, rien ne se passait. Je m'engouffrai folle d'inquiétude dans la maison et je vis Fiona assise sur le canapé face à la télévision.

- Bonjour ma chérie que se passe-t-il, où est papa ?

- Coucou maman !!

Je devais être en train de faire un cauchemar cela ne pouvait pas être possible, tout ça n'existait pas ! J'allais bientôt me réveiller.

Je sortis de la maison, Tom arrivait en courant.

- Un accident, dit-il à Serge une voiture l'a percutée sur le passage clouté, elle est morte sur le coup. J'y retourne, tu veux bien rester ici avec Fiona ?

- Bien sûr, répondit Serge. Je reste là ne t'inquiète pas.

Je compris soudain… L'évidence s'imposa à moi. Je n'habitais plus mon corps, mon esprit seul était présent et assistait à l'incroyable scène qui se déroulait devant moi.

Comment était-ce possible ?

Pourquoi Fiona m'a-t 'elle répondu alors… ?

- C'est normal que tu sois encore là !!

Je connaissais cette voix, je me retournais et je vis Margie, la maman de Tom…

C'était inconcevable, inouïe, j'avais l'impression de devenir folle.

Elle était nimbée de transparence mais c'était bien elle, je la reconnaissais.

On ressemble donc à cela en tant qu'esprit une fois défait de son enveloppe corporelle ? notre empreinte de vie flotte encore quelque temps.

- Tu vas comprendre, je vais t expliquer ce qu'il en

est prononça-t-elle d'une voix douce, tu es au confluent de deux mondes. Tu es partie trop brutalement alors ton âme ou ton esprit comme tu veux, n'a pas eu le temps de se détacher convenablement, c'est comme si tu étais encore vivante bien qu'en dehors de ton corps.

- Et je ne peux rien faire ?

- Non, juste attendre de pouvoir passer de l'autre côté…

- Quand ça ?

- Quand tu seras prête !

- Quand je serais prête, je ne comprends rien, Margie.

- Tu ne te souviens donc de rien ?

- Comment ça ?

- Je veux dire de ton ancienne vie, tu ne te souviens de rien ?

- De quoi devrais je me souvenir, demandais je inquiète.

- Je t'en parlerai un peu plus tard

- Pourquoi ça peut durer longtemps ?

- Le temps n'a pas de prise sur nous, aucun espace- temps, aucune limite, tu seras guidée, tu as quelque chose à terminer.

Ici tu peux accomplir tout ce que tu désires, plus de barrières mentales, plus de blocages. C'est cette légèreté qui nous manque sur terre pour réaliser tous nos rêves. Mais je t'aiderai...

Et aussi je voulais avant toute chose te remercier d'avoir veillé sur moi pour mes derniers instants. Nous avons rarement l'occasion de dire merci, nous le faisons si peu…

- Mais alors… pourquoi Fiona me voit-elle ? elle m'a répondu quand je suis rentrée dans le salon alors que Tom et Serge ne m'ont pas vue.

- Il arrive parfois que les enfants aperçoivent les esprits pendant un certain temps sans se poser de questions.

Puis Margie disparut ...

Je me retrouvais ainsi, devant chez moi mais en dehors de ma vie…

Serge était encore là assis au même endroit.

Fiona sortit de la maison.

On n'assiste jamais à cela normalement, et le sort est ainsi bien cruel, pourquoi quitter les siens en plein bonheur et de cette façon, brutale, inattendue, si injuste !

J'avais connu tant de moments durant lesquels j'aurais voulu partir, mourir tellement j'étais meurtrie, blessée et sans espoir aucun, vide...

Mais depuis Tom j'avais repris un tel goût à la vie et à l'amour…

Mais pourquoi ?

Que devais-je comprendre ?

Combien de temps allais-je rester comme ça, prisonnière entre deux mondes ?

Je vis Tom revenir la tête baissée complètement dévasté et Fiona qui courait vers lui.

- Papa, papa elle arrive quand maman ?

Tom se tourna vers notre enfant complètement démuni.
S'efforçant de garder une voix calme et sécurisante, il la serra tout contre lui comme pour mieux la protéger du choc brutal qui allait suivre.

- Viens là ma chérie

J'allais assister en direct à l'annonce de ma mort à ma propre fille. C'était insoutenable, d'une cruauté intolérable.

Je m'approchais de Tom pour l'entourer de mes bras, il ne sentait rien mais moi je ressentais la profonde tristesse et sa détresse.

Je restais là près de lui en espérant lui insuffler la force de mon amour.

- Fiona, maman est allée rejoindre mamie sur son nuage, comme ça mamie ne sera plus seule.

- Oui mais elle revient quand ? dit-elle encore de sa petite voix tremblante, faisant mine de ne pas comprendre comme dans un mauvais rêve...

- Elle ne reviendra pas ma chérie, papa est très triste et nous allons rester tous les deux.

Fiona leva lentement son petit minois vers le ciel…

- Mamie, occupe-toi bien de ma maman, elle va être triste en arrivant, fais-lui une jolie place à tes côtés et raconte-lui des histoires avant qu'elle s'endorme. C'est toujours elle qui s'endormait en premier quand elle me lisait des histoires.

Moi je lui fais une place à côté de toi dans mon cœur pour mes pensées de tous les jours !

Puis elle s'effondra en pleurs.

Je suis dans ma chambre d'hôpital, mon corps inerte est devant moi, je reste là à me regarder, c'est une horrible sensation…

Une infirmière rentre et finit de laver mon corps meurtri avec des gestes lents et délicats puis elle me recouvre entièrement d'un drap blanc.

Soudain la porte s'ouvre, Tom et serge sont là certainement pour m'identifier. Encore un moment cruel, comme si tout cela ne suffisait pas…

Le médecin légiste souleva le drap de mon visage. Tom n'était que douleur, sidération. Il acquiesça en fermant les yeux, prit ma main dans la sienne et la porta à son visage pour l'embrasser une dernière fois. Il la garda contre ses lèvres un long moment puis la posa contre sa joue avant d'ajouter :

- Fais un beau voyage mon amour et viens me retrouver dans mes rêves. Je t'attendrai à chaque fois que je m'endormirai. Je t'aimerai toujours et tout cet amour ne sera pas perdu, il sera pour Fiona.

Il avait dit ces mots avec grande dignité et sérénité, puisant certainement dans notre amour ces dernières forces pour tenir droit face au tourbillon des émotions et à la souffrance qui l'écrasait…

Je ne le vis pas s'effondrer en larmes mais je senti toute la puissance de son désarroi et celle tout aussi immense de sa promesse s'engouffrer en moi.

Qu'allais-je faire maintenant ?

Errer sans que personne ne me voit ni m'entende ?

Une seule chose me parut évidente, j'allais veiller sur eux, les protéger comme je le pouvais.

Je revins chez nous seule. Fiona était sur la terrasse et regardait le ciel.

Je me suis approchée d'elle et me suis assise tout près.

- Coucou maman, Je sais que tu es là, tu sais.

Je la regardais. Elle tourna la tête vers moi.

- Et je te vois aussi !

J'étais tétanisée, je ne savais pas quoi faire.

- T'as perdu ta langue ?? Tu me dis toujours ça quand je ne réponds pas.

- Tu me vois ? Tu m'entends ?

- Ben oui maman, tu es là près de moi.

Je ne comprenais plus rien, j'étais dans un cauchemar, j'allais me réveiller.

Pour en avoir le cœur net, je pris sa main dans la mienne mais je ne pus la saisir, je passais à travers et pire encore, Fiona ne réagit pas, ce n'était pas un cauchemar…

Était-ce possible qu'elle puisse me voir, ces choses-là existent vraiment alors.

- Maman on va préparer du saumon en surprise, je veux le faire avec toi cette fois.

- Ma chérie papa ne t'a rien dit ?

- Si, il m'a dit que tu étais allée rejoindre grand-mère sur son nuage, mais tu es revenue alors tout va bien.

Je ne savais pas quoi lui dire et comment lui expliquer la dure vérité, mais elle allait malheureusement comprendre quand son père arriverait.

Alors en attendant je me disais que de vivre ce moment unique était un cadeau des cieux, un instant offert pour nous deux.

Les enfants ne se posent pas trop de questions. Ils comprennent tout sans paraître trop souffrir. Ce n'est pas comme nous ; ils ont une protection naturelle, une confiance, une perception du monde que nous perdons en grandissant devenant toujours plus vulnérables.

Quand on les observe bien, nous voyons à quel point ils sont forts et sans crainte de la vie ni de la mort.

Et puis apparaissent et s'installent nos peurs sans que nous sachions les surmonter et encore moins nous en débarrasser.

Alors commence la plus longue recherche, celle de soi dans l'incertitude la plus complète, un long voyage sans destination, un voyage dans l'inconnu, nous…

Les signes, des indices sont pourtant là, nombreux, parfois mêlés évidents mais nous ne voyons pas grand-chose.

J'étais là assise près de ma fille qui jouait comme si tout était redevenu normal quand sa voix me tira de mes pensées…

- Papa ! Maman est revenue ! Cria-t-elle en courant vers lui.

Je lus toute la détresse sur le visage de Tom, il semblait dévasté et extenué.

- Je crains bien que non, ma chérie. Il la prit dans ses bras, tendrement.

- Mais si !! Elle est là avec moi.

Elle se retourna vers moi puis en me souriant.
- Maman ! Dis-lui que tu es là !

Tom avait perdu toute énergie, il regardait dans ma direction, le visage las.

Fiona ne comprenait pas.

- Papa dis-moi que tu la vois ...

- Je ne vois rien ma chérie, je ne comprends pas ce que tu cherches à me dire, je suis fatigué.

Elle se retourna vers moi à nouveau et me fit « chut » avec son petit doigt à la verticale devant sa bouche.

- J'ai même fait du saumon en papillote avec maman, allez viens mon papa on va manger.

Toute contente, elle prit la main de son père et l'entraîna à l'intérieur de notre maison.

Je reste là devant chez moi, posée entre deux mondes, coincée entre deux vies…

- Tu ne comprends pas ce qui t'arrive hein ?

Margie se tenait à nouveau à mes côtés tranquille et souriante comme à son habitude.

- Allons faire quelques pas, maintenant le temps n'a plus aucune importance mais il te reste à achever quelque chose avant de pouvoir passer de l'autre côté et trouver la paix.

- Achever quoi ?

- Alors tu ne sais donc pas que ta fille est encore en vie ? tu ne peux plus cacher tes pensées ni tes actes ici comme dans le monde des vivants. Tout ce que l'on a fait sur terre est dévoilé, instantanément.

Tu dois la retrouver pour passer de l'autre côté.

Je regardais Margie abasourdie ; tout ce qui m'avait rongée toute ma vie venait de ressortir soudainement.

- Comment ça, Lisa est encore en vie ?

- Oui et tu as la chance de rester entre nos deux mondes pour terminer ce que tu n'as pas pu faire. Tu seras guidée et tu as Fiona pour t'aider, tu es son amie imaginaire, il n'y a que les enfants pour accepter cela sans poser de questions.

Tu vas reprendre ce que tu as dû abandonner. Si tu ne le fais pas, tu resteras coincée à errer pendant des centaines d'années entre les âmes et tu verras tous tes proches mourir sans pouvoir faire quoi que ce soit.

Puis elle disparut...

À 18 ans je rencontrais un garçon avec lequel je vécu des choses très intenses, les plus belles pour cet âge-là ; nous étions amoureux, insouciants et légers. Tout nous paraissait merveilleux.

Il s'appelait Claude, il avait 25 ans et je n'imaginais pas mon avenir sans lui mais comme bien souvent c'est la vie qui décide.

Nous formions un couple sublime et notre amour donna naissance à une fille, Lisa.

Claude est devenu, sans que je ne sache pourquoi et encore moins sans que je m'en doute, agent du gouvernement Américain. Sa couverture officielle était celle d'un pilote de ligne d'une grande compagnie aérienne, mais cela je ne le découvris que bien plus tard…après sa mort.

Un soir, nous étions tranquillement à la maison devant un feu de bois lorsqu'un groupe d'hommes armés fit irruption chez nous. Ils tirèrent sur Claude et moi et emmenèrent notre fille.

Tout s'est passe très vite et le temps que je reprenne mes esprits, pensant que j'étais morte, j'ai vu ma vie basculer en un instant. Claude était étendu sans vie baignant dans son sang. La balle qui était passée entre mon cœur et mon aisselle s'était logée dans le canapé. Elle m'avait simplement effleurée mais le saignement qui en résulta sur ma poitrine suffit à persuader le tueur que sa mission était accomplie.

Je n'avais même pas appelé la police, les secours étaient déjà là peut être alertés par le voisinage, je ne saurais jamais…

Un monde fou tournait et gesticulait autour de moi j'avais l'impression d'être au beau milieu d'une série policière. J'étais à l'embrasure de la porte de la chambre de ma fille face à son petit lit vide et défait, en colère, dévastée par les évènements.

Une forte envie de crime à mon tour.

Pourquoi ce genre de choses arrive-t-il ? Quel est le message de la vie dans ce genre de drame ?

Un homme s'approcha de moi. Il tenait un calepin à la main, la mine grave mais rassurant au milieu de ce chaos.

- Bonjour madame, je suis l'inspecteur Rick Malone de la police criminelle, je vous présente d'abord toutes mes condoléances. Je dois vous poser quelques questions pour tenter de comprendre ce qui vient d'arriver.

Il me demanda si je me rappelais ce qui s'était passé, si j'avais déjà rencontré ces hommes, si mon mari avait des ennemis et enfin si j'avais connaissances de ses activités secrètes.

J'avais la tête baissée et écrasée par le chagrin mais je la relevais pour être sûr d'avoir bien entendu.

- Des activités secrètes ? Quelles activités secrètes ?

- Votre mari travaillait pour le gouvernement américain, il ne vous en a jamais parlé ?

- Non, mon mari était pilote. Nous avions une vie calme et rangée.

- C'était sa couverture, madame. Votre mari était un agent de la CIA.
  Il n'était pas souvent en déplacement ?

- Agent secret pour le gouvernement ? C'est quoi ce délire ? Oui il était souvent en déplacement ! Et alors quoi de plus normal, c'était son métier !!

- Vous avez vu dans quelle magnifique maison vous vivez ?

Ce n'est pas avec un salaire de pilote que votre mari aurait pu payer une telle demeure. Ç'est un cadeau du gouvernement pour les services rendus à la nation.

Ces nombreux déplacements ne vous ont jamais parus bizarres ?

- Non pas du tout, il a toujours eu des déplacements pour son travail. Il n'y avait aucune raison que je m'en préoccupe. Et il gagnait très bien sa vie.

- Vous allez être sous protection pendant la durée de l'enquête. Que pouvez-vous me dire sur votre enfant ?

La colère chassa la tristesse instantanément.

- Elle s'appelle Lisa, elle a 4 ans et demi, elle est blonde, des cheveux longs, des yeux verts et un sale caractère comme moi, j'espère que ça la sauvera !

- Nous allons la retrouver ne vous inquiétez pas. Dans ce genre de situation ils ne gardent pas les enfants. Que pouvez-vous me dire de plus ? Comment était son pyjama ? Avait-elle quelque chose qu'elle ne quittait jamais ? le moindre détail insignifiant pour vous nous serait d'une aide précieuse.

- Inutile de me rassurer pensais-je. Je sais que la vie est bien plus cruelle que la mort quand elle choisit de frapper. Elle avait un pyjama blanc avec des petites fraises rouges…

Des années ont passé. Je n'eus aucunes nouvelles de ma fille ni de l'évolution d'une quelconque enquête.

Je l'ai cherchée avec l'aide des relations de mon mari qui connaissaient le réseau de ce genre de trafic mais sans succès, tous nos efforts furent vains…

Jusqu'au jour où j'ai reçu ce fameux coup de téléphone m'informant que les ravisseurs de notre fille, les tueurs donc, avaient été arrêtés et emprisonnés. L'interrogatoire ayant débouché sur leurs aveux, du meurtre de mon mari et de ma fille, l'affaire fut classée rapidement, sans même que ne soit entreprise une quelconque recherche du corps de ma fille.

De quoi devenir folle, je ne pouvais même plus me faire justice moi-même et surtout tant de questions resteraient sans réponse.

J'avais été tellement abîmée par tout cela que l'horizon de ma vie me semblait sombre et ma fin proche.

La douleur avait fait son chemin en moi et détruit tout sur son passage. Je n'espérais qu'une chose ; que la faucheuse vienne me chercher, à mon tour.

Comme elle m'avait déjà tout pris, aucune raison de rester de ce côté-là, au moins de l'autre côté je les retrouverai.

- Bonjour maman tu as bien dormi ?

J'étais sur la balancelle sous le porche, à l'entrée de chez nous.
- Très bien ma chérie mais il va falloir que je t'explique certaines choses puisque je ne peux parler qu'à toi.

- Mais tu restes avec nous maintenant ? tu ne vas pas repartir encore ?

- Écoute Fiona, il y a bien longtemps, j'ai été marié avec un homme formidable qui est mort. Ensemble, nous avons eu un enfant, une fille qui s'appelait Lisa et qui a disparu. Je ne l'ai jamais retrouvée ; on m'a dit qu'elle était morte. J'ai pleuré longtemps, très longtemps et puis j'ai rencontré papa et tu es arrivée.

Et aujourd'hui c'est moi qui pars et avant de m'en aller rejoindre grand-mère je dois la retrouver. On m'a dit que je dois le faire avec toi car tu peux m'aider à ce qu'il parait.

Est-ce que tu as bien tout compris ce que je t'ai dit ?

- Oui maman, mais elle a quel âge maintenant ? et comment est-ce qu'on peut la retrouver si tu ne l'as pas retrouvée, toi ?

- je ne sais pas ma chérie. Mamie m'affirme que c'est toi qui pourras m'aider. Ainsi, tu lui permettras d'avoir une famille et de vivre avec vous. Elle aurait vingt ans aujourd'hui.

- Alors j'ai une grande sœur, c'est génial ! Fiona envoya un sourire au ciel !

C'est papa qui va être content !! Elle fila dans la maison.

- Papa, papa j'ai une grande sœur, c'est maman qui me l'a dit dehors.

- Mais enfin chérie, qu'est-ce que tu racontes ?

- Papa, je vois maman et elle me parle.

- Mais ce n'est pas possible, ma chérie, ces choses-là n'existent pas !

- Ecoute mon petit papa, je vois maman et elle me parle et je veux que tu me croies. Elle me raconte des choses, elle me dit que j'ai une sœur qui s'appelle Lisa et que l'on doit la retrouver pour qu'elle vive avec nous.

Ecoute moi, ma chérie, maman est partie et c'est très triste mais nous allons devoir faire avec et si tu avais une sœur je le saurais, maman m'en aurait parlé et on aurait déjà tout fait pour la retrouver …

- Elles existent papa, moi je peux voir maman et elle me parle tous les jours, là par exemple, en ce moment, elle est assise sur la balancelle de la terrasse.

Je vis Tom se tourner vers le perron et regarder la balancelle qui oscillait légèrement.

- Il n'y a personne ma chérie je suis désolé. Je voudrais bien te croire mais tu te fais du mal et cela me rends triste. Maman me manque tellement à moi aussi.

- Viens papa, je vais lui parler et je te dirai ce qu'elle me répond.

Je vis s'approcher les deux amours de ma vie. L'émotion me submergea, des sanglots silencieux explosèrent en moi.

- Ne pleure pas maman nous sommes là.

Tom, désemparé, un peu perdu observait Fiona et regardait au loin. Il était tellement triste.

- Dis à papa que je l'aime très fort ma chérie.

- Maman me dit de te dire qu'elle t'aime très fort, papa.

Comment peux-tu dire ça Fiona, il n'y a rien, personne, je rentre.
- Chérie, demande à papa s'il se souvient du jour de notre rencontre, lorsqu' il m'a demandé où se trouvait la meilleure boulangerie de la ville pour y acheter une charlotte aux fraises ?

- Papa, papa !! cria-t-elle tandis qu'il s'éloignait, maman me dit si tu te rappelles quand tu lui as demandé ou était la meilleure boulangerie pour acheter une charlotte aux fraises ?

Je vis tom surgir, le regard étonné, l'air perplexe.

- Qu'est-ce que tu viens de dire ? Personne n'est au courant de ça.

- Je sais mon papa c'est pour ça que je te demande de me croire.

Nous devons retrouver ma sœur, maman dit qu'elle a eu une fille qui s'appelait Lisa et qui a disparu il y a quinze ans, c'est mamie qui lui a dit de la retrouver.

- Mamie ? Qu'est-ce que mamie vient faire là- dedans ?
- Parce qu'elles se voient toutes les deux et qu'elles parlent ensemble.

Tom se prit la tête dans les mains, totalement perdu, impuissant et épuisé.

- Je ne comprends rien, que se passe-t-il ?

J'aurais tellement voulu à ce moment-là le prendre dans mes bras et le serrer fort, le consoler, le protéger.

Il regardait dans ma direction le regard triste,

- Tu es vraiment là ? chuchota-t-il, incrédule, les traits figés, les sourcils froncés.

- Oui je suis là, je ne sais pas pour combien de temps encore mais j'ai une mission à accomplir, c'est ta maman qui me guide pour la mener à bien.

Les mots s'écoulaient de la bouche de Fiona…

- Il y a bien longtemps j'ai été mariée à un homme et nous avons eu un enfant, une petite fille que nous avons prénommé Lisa.

- Pourquoi ne m'en as-tu jamais parlé ?

- Je ne sais pas, j'ai tellement souffert de sa disparition que j'ai fini par enfouir ça au plus profond de moi, pour ne plus y penser. Et lorsque je t'ai rencontré, une nouvelle vie s'offrait à moi. Alors je ne t'ai rien dit pour te préserver, pour laisser les ombres du passé loin de toi, loin de nous.

- Que s'est-il passé exactement et que puis-je faire ?

Soudain je sentis une présence, la mère de Tom se tenait auprès de moi.

- Oh mamie !! Papa, mamie est là !

Je me demandais si ça n'allait pas faire un peu trop. Tom se redressa d'un seul coup, totalement perdu, puis il reprit ses esprits, se calma et vint s'assoir sur la balancelle, juste entre nous deux, sans le savoir.
- Papa tu viens de t'assoir entre mamie et maman !

Je continuai avec l'aide de Fiona, Margie à mes côtés.

- On reprend ma chérie.

Voilà….

J'étais marié à Claude, et chose que j'ignorais, il travaillait pour le gouvernement américain comme agent secret. Un soir, nous étions en famille, un groupe d'hommes armés a surgi dans notre salon et a fait feu sur nous, Lisa était dans sa chambre à l'étage.

Claude a été tué sur le coup et moi à peine blessée mais laissé pour morte. Lisa fut enlevée et je n'ai plus jamais eu de nouvelles d'elle. Les recherches ont duré des années, infructueuses. J'ai été sous protection par les services de l'état, des années durant. Les ravisseurs furent enfin arrêtés et mis sous les verrous mais l'affaire fut très vite classée sans suite après leur incarcération. Après un long interrogatoire, ils avaient parlé et avoué avoir tué ma fille et fait disparaitre son corps, lequel ne fut jamais retrouvé. J'ai dû me reconstruire comme j'ai pu sans

savoir ce qu'il était arrivé à ma fille.
Ma vie fut un enfer durant de nombreuses années.
Ces hommes sont encore en prison. Ils n'ont jamais su que je n'étais pas morte ce soir-là. A présent je suis morte…

Lisa avait 4 ans et demi.

J'observais le visage de Tom, le désarroi qui le marquait. Que la vie est injuste avec les personnes les plus douces, celles qui subliment l'existence des autres.
Pourquoi doivent ils perdre ce qu'ils ont de plus cher et connaître une telle souffrance alors qu'ils sont bons et généreux ?

Le destin est impitoyable et féroce, implacable... Pourtant il nous envoie souvent des messages que nous ne savons pas lire.

- Je dois retrouver ma fille pour qu'elle sache que je ne l'ai pas abandonnée. Il le faut pour elle et pour moi. Si je ne la retrouve pas, je resterai à l'abandon entre deux mondes et il ne faut pas que je reste. Même si je peux encore vous voir, cela ne durera pas, je vais me retrouver seule, loin de tout.

- Pendant des années, j'ai multiplié les recherches pour retrouver Lisa. J'ai utilisé tous les moyens possibles et tout l'argent que Claude m'avait laissé pour y arriver. Ça a duré très longtemps, plusieurs années rongées par la culpabilité, les remords et l'injustice qui nous privait l'une de l'autre.
Je vivais comme un robot, plus rien n'avait d'importance.

Une fois, j'ai caressé le fol espoir de la trouver enfin ; quelqu'un avait cru voir et reconnaître Lisa grâce aux différentes photos diffusées partout dans le pays. On ne sut jamais s'il s'agissait d'elle, trop de temps s'était écoulé. Elle avait 12 ans…

Malgré tout, certaines personnes soutenaient qu'ils connaissaient Lisa, que son visage n'avait pas tellement changé mais aucune preuve n'existait pour confirmer leurs affirmations.

Lisa aurait été aperçue en compagnie d'un couple de gens distingués dans une boutique chic de la ville.

Elle avait l'air heureuse m'avaient-ils dit pour me rassurer.

Mais on n'a jamais retrouvé ces gens qui ne devaient être que de passage.

La vie est si injuste parfois, pourquoi ramener ma fille aussi près de moi sans me donner l'occasion de la retrouver à ce moment-là, après tant d'années.

J'ai culpabilisé longtemps d'avoir cessé d'y croire et abandonné mes recherches mais lorsque je t'ai rencontré, ce fut comme une délivrance, la fin d'un long calvaire.

Je me suis laissé porter par ton amour comme un pansement sur mon cœur ouvert, un réconfort enfin et même si je n'ai jamais oublié, j'ai abandonné.

Et quand Fiona est née, ce fut comme une prescription, un nouveau départ.

- Aujourd'hui je dois la retrouver avec l'aide de ta maman et Fiona. Lisa doit pouvoir vivre avec vous et il faut qu'elle sache que je ne l'ai jamais abandonnée.

Tom était effondré mais ragaillardi ; je percevais dans son regard une lueur d'espoir, la volonté de retrouver ma fille.

Comme s'il pouvait s'accrocher à moi à travers Lisa…

Quelle drôle de sensation, d'être sans enveloppe corporelle.

Tout est léger, fluide, la douleur n'existe pas sauf celle d'avoir laissé Tom et Fiona.

On pense à un endroit et l'on s'y retrouve instantanément.

Marcher est comme un glissement au-dessus du sol.

On ne peut saisir aucun objet mais on peut se poser où l'on veut et l'on croit être assis. Notre mémoire a gardé toutes les sensations de la vie terrestre alors c'est comme si le corps était encore là.

On voit tout le monde sans être perçus. C'est une expérience agréable que l'on aimerait parfois connaître de notre vivant.

Alors autant prendre les choses du bon côté…

Je décidais de retourner à Monterey, une ville voisine de Carmel où je me rendais souvent et je me risquais dans des zones où je n'avais jamais osé me rendre seule avant.

Tous ces lieux de désolation, là où l'existence ne sourit plus, là où l'on survit à défaut de vivre.

J'ai toujours eu de l'argent et un train de vie qui ne me permettait pas de passer inaperçue dans ce genre d'endroit où j'étais plutôt embarrassée.

Je pouvais m'approcher de ceux qui m'avaient si souvent mise mal à l'aise tout en m'attirant paradoxalement.

Les mots ne consolent pas ces personnes au destin brisé par des évènements qu'ils n'ont pas choisis, qui les ont surpris ou qu'ils n'ont pu surmonter.

Certains semblent m'apercevoir tellement leur sensibilité est exacerbée…

Ces âmes sont perdues mais elles habitent des corps vivants. Moi, c'est un peu le contraire, mon corps n'est plus mais mon âme se déploie et me donne des pouvoirs inimaginables maintenant que je suis morte.

Je restais assise à leur côté la plupart du temps. Ils étaient les seuls qui semblaient me voir même si j'étais invisible. Je me sentais irrésistiblement attirés par eux…

J'allais régulièrement les observer. Mon âme était si proche d'eux, alors que rien dans ma vie terrestre n'aurait permis une telle proximité. Je ne savais cependant toujours pas comment retrouver Lisa, que faire, ou aller, par où commencer pour mener à terme ma quête. Je ne pouvais parler à personne alors comment faire !

Noël approchait, il faisait froid, et certaines personnes fragiles ne passeraient pas l'hiver. La tristesse à nos portes, nous ne la voyons pas, bien à l'abri dans nos maisons. Il nous arrive de croiser ces gens sans vie, sans bonheur, sans rien mais en passant, sans nous attarder, sans vraiment les regarder. Aujourd'hui je vois tout et je m'en veux de n'avoir rien fait avant.

Et je ne peux toujours rien faire.

Il y a des gens de tous les âges, des gens qui ont eu une vie avant… Comment se sont-ils retrouvés là, exclus de la société, en marge de toute existence digne.

Je suis là jour et nuit sans savoir pourquoi. Je sais seulement que je dois rester là, il le faut !

C'est un vieux bâtiment abandonné, troué de partout sans portes ni fenêtres mais le toit est solide et il ne pleut pas à l'intérieur.

Chacun a aménagé un espace de vie, se créant un confort précaire mais vital pour survivre. Les liens qui se tissent dans ces endroits sont fragiles mais puissants en même temps.

Il n'y a rien d'autre que la survie. Pas d'image, pas d'égo. Tout est authentique, cru et sans artifice. Malheureusement !

Personne ne passe, personne ne vient voir ce qui s'y passe et comment cela se passe. Et dire que je faisais partie de ces milliers de personnes qui ne pensent à rien d'autre qu'à leur propre petit monde, rangé et douillé. L'être humain est ainsi il ne lève les yeux sur le monde alentour et ne sort de sa tour que lorsqu'un évènement grave arrive.

- Tu vas la retrouver,

Je venais d'entendre une voix que je connaissais, celle de Margie. Elle n'était pas là, elle me parlait, c'est tout et je pouvais capter sa voix.

- Tu seras guidée, fais confiance à ton âme, tu sauras quoi faire naturellement au moment venu.

Margie semblait vouloir m'aider. Pourquoi ne l'avait-elle pas fait avant si elle savait.

Je ne m'attardais guère à la question de la vie après la mort mais maintenant que j'habitais un monde suspendu entre la vie et la mort j'allais devoir m'habituer à m'y déployer.

Si je devais retrouver Lisa, je pourrais aller jusqu'au bout de mes recherches puisque le temps ne m'était plus compté. Je me demandais encore comment j'allais procéder, ce que je lui dirais si enfin je la trouvais.

Des questions qui n'appelaient pas de réponses, il suffisait de se laisser guider. Je rencontrai d'autres esprit, des êtres qui vous sourient pour que vous compreniez qu'ils vous voient. Avec l'habitude j'arrivais à distinguer ces esprits qui comme moi étaient en escale entre deux vies. Je commençais à me familiariser avec cet état. J'avais l'impression d'être et de pouvoir mener à terme ce que j'avais laissé inachevé.

Mes journées étaient bien remplies, d'une autre manière différente certes.

Le matin je participais au petit déjeuner avec Tom et Fiona qui me faisait toujours un clin d'œil pour montrer à son père que j'étais là. Tom souriait tristement dans ma direction comme pour me remercier d'être présente de cette manière.

Parfois il me parlait et je lui répondais, Fiona portant mes mots...

C'était une situation très étrange que nous avions appris à gérer, un sursis accordé à notre amour, une chance à saisir pour ramener Lisa chez elle.

Un matin, Tom me demanda de lui parler de Lisa pour un peu mieux la connaître, au cas où le destin les réunirait.

Je me souvenais de tout jusqu'à ses 4 ans et demi mais aujourd'hui elle en aurait 20. Comment parler de quelqu'un à qui on a volé sa vie, ses parents, son éducation et tout ce qui lui était dû ?

Puisse Dieu la guider jusqu'à cet homme, l'homme de ma vie pour qu'elle soit enfin aimée et protégée.

Je retournais toujours au même endroit, je commençais à connaitre un peu tout le monde. Ces sans-abris auxquels la vie avait tout dérobé se réchauffaient les uns les autres, le corps et le cœur. Une communauté se formait au fil des jours, des mois et des années parfois pour certains. Une vie dans l'ombre à l'abri des regards. Je me promenais et je les écoutais se raconter entre alcool et coup de gueule.

Il y avait des hommes de tous âges, les femmes étaient moins nombreuses, et plus très jeunes.

C'est alors que je remarquai un jeune homme nouvellement arrivé, qui se tenait à l'écart du groupe ne cherchant à nouer aucune relation avec quiconque…

Je l'observais de loin. Il paraissait si différent des autres.

Je ne savais pas encore pourquoi.

Lorsque les autres cherchaient à lui parler, il se contentait de tourner le dos et de se recroqueviller sur lui-même, comme pour s'isoler encore plus.

Je restais près de lui, veiller à distance sans trop savoir pourquoi. Il tenait serré contre lui, un livre dans la lecture duquel il replongeait régulièrement quand il ne le tenait pas tout simplement contre son cœur, dans une étreinte mystérieuse.

Un soir, ma curiosité piquée au vif, je me rapprochais de lui pour essayer de lire le titre de ce livre qui paraissait si précieux pour ce jeune homme.

Je fus surprise, choquée presque. Il s'agissait des contes des frères Grimm, le livre où je puisais des histoires qui fascinaient et que je relisais inlassablement à Lisa tant elle prenait plaisir à les écouter. C'était d'ailleurs l'unique objet qui avait disparu de la maison cette funeste soirée, emportée sans doute par Lisa pour se raccrocher à sa maison.

L'édition que tenait le jeune homme ressemblait étrangement à celle de l'exemplaire de Lisa, même première de couverture...

C'était juste une coïncidence, un clin d'œil du destin. Il était aisé désormais pour moi de décrypter les faits qui se croisaient et se faisaient écho.

J'eus une impulsion soudaine, l'envie de m'emparer de ce livre pour le feuilleter et vérifier à l'intérieur si ce n'était pas le livre de Lisa. Cette idée un peu folle s'imposa à moi de manière tout à fait irrationnelle. Mais que ferait ce livre, à cet endroit, entre les mains de ce jeune homme et puis ce livre est un classique, beaucoup de gens en possèdent un ou plusieurs exemplaires même parfois.

Qu'est ce qui me poussait à vouloir établir un lien avec Lisa en dépit du bon sens…

Je me promis d'attendre que le jeune homme pose son livre ou qu'il s'endorme pour m'en emparer. J'avais cependant oublié un léger détail, je ne pouvais pas saisir les objets !
Je n'étais qu'un esprit flottant dans une silhouette diaphane et un regard immense sur le monde que j'avais quitté.

Les choses se bousculaient dans mon esprit, j'essayais d'appréhender cette réalité qui m'était imposée sans grand succès. Je cherchais autour de moi, une aide que personne ne pouvait m'apporter, j'étais seule et je devais me fier à mes intuitions pour me diriger... Margie m'a bien dit que je serais guidée, que les choses se présenteraient au moment opportun... Je devais attendre…

Si seulement je pouvais rencontrer un esprit errant comme le mien et discuter pour savoir comment m'y prendre. Mais rien ne se manifestait et je restais toute la nuit prés de ce jeune homme mystérieux qui avait peut-être récupéré le livre de Lisa. Mais voilà que l'on passe tout près de moi, un homme qui me sourit et s'approche comme pour m'offrir son aide.

Il s'arrête bientôt à ma hauteur…

- Bonjour, me dit-il, je m'appelle John

- Bonjour, moi je suis Corinne, on ne peut rien saisir de ce monde, rien prendre avec ses mains, rien toucher, savez-vous pourquoi et comment ça évolue ?

- Oui au début du périple, c'est ainsi. C'est à force d'apprentissage que l'on parvient à toucher les êtres vivants afin qu'ils sentent notre présence même s'il leur est impossible de nous voir.

- Mais comment procède-t-on ?

- On utilise le pouvoir de son esprit. Il faut se concentrer sur la représentation du geste à accomplir puis peu à peu on parvient à le manipuler même sans le toucher.

L'esprit a des ressources insoupçonnées que nous sommes bien loin d'imaginer lors de notre trajectoire terrestre. Exercez-vous avec des petits objets au début, feuilles, petits morceaux de bois, petits cailloux. Vérifiez que vous êtes bien seule pour ne pas effrayer les personnes qui se trouveraient prés de vous. Ce sont des choses qui paraissent incroyables pour la plupart des êtres humains mais elles peuvent être… Mais nous seuls le savons. Bonne chance Corinne.

- Je vous remercie beaucoup John, passez me voir de temps en temps je n'ai personne à qui parler.

- J'essaierai…

Il y avait donc des choses possibles, j'étais triste et en même temps très curieuse de cette vie après la mort qui me permettait de réaliser ce que je n'ai pas pu faire sur terre.

J'avais déjà de quoi m'occuper et j'avais rencontré quelqu'un.

Les premières tentatives furent déconcertantes et décevantes. Je passais à travers tout ce que je touchais, même les choses légères comme les feuilles, c'était décourageant…

- Ce n'est pas évident au début mais rassurez-vous ça va venir quand vous aurez compris qu'il faut juste penser et non vouloir, un peu comme dans un rêve.

C'était John qui repassait en souriant…

- J'essaie d'être patiente mais c'est vraiment frustrant.

Je me retournai, il avait déjà disparu… Ce qui est fascinant avec les esprits c'est qu'ils ne s'embarrassent pas de formalités, de politesse, c'est toujours comme une conversation qui reprend après un silence. Juste du respect, une sincérité absolue et des échanges francs dénués de toute arrière-pensée. Si nous pouvions être ainsi pendant notre voyage terrestre, tellement de choses seraient différentes…

Je me rendais devant chez moi pour voir Tom et Fiona. Ils jouaient ensemble dans le jardin. Le soleil brillait, radieux, le printemps commençait et délivrait ses premières couleurs vives. Je regardais Tom qui s'efforçait d'être joyeux avec Fiona pour qu'elle ne soit pas trop triste.

Mais les enfants ne vivent pas la tristesse comme les adultes. Elle est chez eux chargée d'espoir. Lorsque j'étais enfant j'étais certaine que l'on vivait éternellement, que la vie ne pouvait s'arrêter. Dès lors ma tristesse s'estompait bien vite, les jours à venir étaient si nombreux et jalonnés de promesses.

Je contemplais mon mari et ma fille comme s'ils ne m'appartenaient plus et en même temps je trouvais réconfortant de savoir qu'ils s'aimeraient l'un l'autre toute leur vie.

Il ne me restait plus qu'à retrouver Lisa pour qu'elles les rejoignent et mon œuvre achevée, je pourrais ainsi m'en aller libérée et sereine de l'autre côté de la vie... Je les observais discrètement ne voulant pas rompre la magie de cet instant et soucieuse d'en prolonger la grâce.

Je reviendrai, demain...

Je retournais chez mes compagnons. Le jeune homme mystérieux était là, si jeune et déjà en marge de sa vie.

Quel sort la vie lui avait-elle jeté pour qu'il en soit ainsi ?

Que faisait-il avec ce livre, pourquoi le gardait-il précieusement et... si c'était le livre de Lisa ? Les pensées se bousculaient dans mon esprit sans aucun répit.

Il faisait très froid ce soir-là et même si dans mon état je n'étais plus sensible à la température, je voyais bien que les pauvres gens qui étaient là avaient du mal à se réchauffer.

Ils avaient allumé un grand feu et tous étaient rassemblés autour à se tenir chaud au corps et à l'âme. Personne ne parlait. Chacun mesurait peut- être en silence l'étendue de la malchance qui les avait conduits jusqu'ici et le son de l'injustice qu'il y a entre chaque être humain.

Je balayais du regard ce petit groupe et je ne voyais pas mon jeune inconnu.

Puis tout d'un coup je le reconnus, engoncé dans un bonnet et recroquevillé sur lui-même comme à l'accoutumée. Le menton rentré, le regard dans le vague, je ne percevais aucune pensée, aucun sentiment, juste une résignation.

C'était peut-être l'occasion pour moi d'essayer de regarder de plus près ce livre qui commençait à m'obséder…

Je m'approchais, mon cœur mort pourtant semblait battre si fort que je craignais même qu'on l'entende… Il y avait un grand carton en guise de lit, un sac à dos fermé, posé là. Comment allais-je faire pour l'ouvrir sans attirer l'attention et encore fallait-il d'abord que j'y arrive. Je m'assurais que j'étais bien seule. Je tentai de faire bouger le sac, mais rien ne se passa. Je me concentrais pour penser à ce je voulais comme on me l'avait conseillé mais rien n'y faisait. J'étais totalement impuissante et démunie du moindre pouvoir…

Je devais attendre son retour, patienter pour espérer lire peut-être sur la première page de ce livre ce que j'y notai il y a bien longtemps…

> « *Pour toi ma petite Lisa chérie,*
> *Ta maman qui t'aimera toujours* »

J'avais écrit cela il y a quinze ans à ce jour. Ce livre de contes fut le seul objet qui disparut de la maison. Je l'ai souvent mentionné lors de mes multiples démarches et tentatives pour retrouver mon enfant. De nombreuses relations de Claude m'avaient aidée, l'inspecteur Malone également mais les efforts de tous et ils furent conséquents ne firent qu'anéantir tout espoir en moi à force d'accumuler les déceptions et les échecs.

J'avais engagé personnellement d'anciens agents secrets qui connaissaient les réseaux parallèles dans tous les domaines de la criminalité et autres. Trafic d'enfants, prostitution enfantine.

Durant des années toutes les pistes avaient été explorées. J'avais même eu recours aussi à plusieurs détectives privés. Je dus cependant un jour me rendre à l'évidence, dévastée et meurtrie, tout semblait perdu irrémédiablement.

On m'avait tout pris, mon mari, mon enfant. Ma vie était vide de sens et d'amour. Je ne sais pas encore aujourd'hui ce qui me retînt d'aller les rejoindre, convaincue désormais que Lisa était morte…

Je restai en vie, le sort était jeté. Je me suis endurcie, fermée au monde, plus rien ne suscitait en moi le moindre élan vital ni le moindre enthousiasme.

Et puis Tom est entré dans mon existence et j'ai recommencé à vivre. Il a pansé mes plaies béantes sans s'en douter. Les cicatrices se refermaient, toujours là certes mais je retrouvais le sourire… Fiona naquit et ma fibre maternelle m'ancra définitivement du côté des vivants.

Mais voilà que le destin me frappait encore m'arrachant aux miens ; je fus fauchée dans la rue, en plein bonheur…

Comment trouver des réponses plausibles à tout cela ? Pourquoi partir en plein élan et non pas quand on ne veut plus de la vie ? Des questions sans réponses, à moins que de là-haut tout devienne plus clair et que je sache enfin la raison de ce départ aussi prématuré que cruel.

En attendant, je n'étais guère plus avancée. Le sens de toutes ces choses, s'il y en avait un, m'échappait encore. J'étais suspendue entre deux mondes n'ayant de prise sur aucun d'eux. Seule Fiona pouvait communiquer avec moi et Margie bien sûr. Je ne pouvais pas encore m'élever, accéder à la connaissance et comprendre la partition de ma vie, la raison de ces drames insensés, les pertes encore et encore…
Toutes nos interrogations, toutes nos questions sans réponses devaient trouver leur signification puisque c'est sur terre que nous sommes prisonniers. Nous devons nous épurer pour rejoindre enfin la liberté grâce à notre avancement.

Il faut croire que ce n'est pas ainsi ou alors pas encore.

- Bonjour maman, comment vas-tu aujourd'hui ? Fiona me tire de mes pensées.

- Je vais bien, ma petite chérie, et toi raconte-moi ta journée. Et papa comment va-il ?

- Papa est triste, ce n'est pas pareil pour lui. Moi, j'ai la chance de te voir et de parler avec toi alors c'est moins dur pour le moment mais je sais qu'un jour tu partiras pour de vrai et que là je serais vraiment triste comme papa.

- Je ne sais pas combien de temps je resterais avec toi, Fiona, de cette façon ; il faut que je retrouve Lisa tout d'abord pour qu'elle soit avec vous en sécurité et que vous puissiez former une famille. Ensuite je pense que les choses se feront toutes seules pour moi. Tu sais, ma chérie, je t'aime et je veillerai sur toi toujours mais tu dois très être forte pour rendre ton papa heureux sans moi. Je voudrais aussi que tu me promettes une chose

- Quoi maman ?

- Je voudrais que tu aides ton papa à refaire sa vie

- C'est quoi ça, refaire sa vie ?

- C'est-à-dire que le temps va passer et qu'un jour peut-être, en tout cas je l'espère, une autre femme passera près d'ici pour aimer ton papa. Et j'aimerais qu'il ne la laisse pas passer, ni partir. C'est ça refaire sa vie.

- Mais maman il n'aime que toi, comment pourrait-il aimer quelqu'un d'autre ?

- Tu sais ma chérie, dans la vie il arrive que l'on puisse aimer plusieurs personnes mais de manières différentes et à chaque fois unique néanmoins. Je ne serais plus là sauf dans votre cœur et dans vos souvenirs. Et vous aurez besoin de quelqu'un pour vous choyer à nouveau. Je veux juste que tu gardes ça dans un coin de ta tête pour le jour où cela se présentera. Tu auras certainement bien grandi et tu pourras dire à ton papa qu'un jour je t'en ai parlé, que je savais que cela arriverait. Il aura juste besoin de l'entendre à cet instant précis pour en être persuadé. Tu sauras comment le convaincre que je t'ai fait promettre de lui en parler le moment venu. Promets-le-moi ma chérie.

- Je te le promets maman.

Elle entoura ma taille de ses petits bras et posa la joue sur mon ventre comme elle en avait l'habitude. Je sentis alors une chaleur me traverser et je la serrai à mon tour pour essayer de la sentir tout contre moi. Est-il possible que cela existe vraiment ; pouvoir prendre soin de ses proches avant de faire le grand voyage.

Il fallait au plus vite retrouver Lisa et les réunir car je sentais que je ne resterais pas longtemps entre deux mondes. Fiona devait grandir normalement et choisir sa vie comme Tom devait refaire la sienne avec quelqu'un d'autre. Cet amour ne pouvait pas rester orphelin, une autre âme devait absolument en prendre soin, le cultiver afin qu'il ne meure pas.

Tom m'avait donné durant toutes ces années bien plus qu'il ne le pensait. Il m'avait ramené de la cité des ombres, il m'avait tout offert et je devais accepter de l'avoir perdu, au sens que l'on donne à cela dans la vision terrestre qu'on en a. Jamais je ne perdrai Tom, mais je devais l'aider à retrouver l'amour et ainsi perpétuer le nôtre en donnant à quelqu'un d'autre ce qu'il ne peut à présent m'offrir mais qui lui vient de nous…

En attendant, ma tâche me paraissait chaque jour un peu plus difficile. J'attendais une aide qui ne venait pas.

Moi qui adorais lire toutes sortes de choses sur l'au-delà, sur les réincarnations, sur la vie après la mort, je n'étais pourtant pas plus avancée… Je suis une conscience perdue dans ce qui n'est pas le néant mais qui y ressemble. Faut-il que nous soyons bien ignorants sur terre pour ne jamais voir plus loin que nos désirs et nos impatiences. À moins que tout soit voulu, déjà pensé de là-haut pour nous préserver ; trop en savoir nous empêcherait de vivre comme on doit le faire sur terre, à notre échelle humaine.

Des anges gardiens nous protègeraient mais comment ? Aujourd'hui je pourrais le faire pour les miens mais je n'y parviens pas. Est-ce la brutalité de mon décès qui explique mon impuissance ? Est-ce encore trop tôt pour que je me déploie et accompagne ceux que j'aime ? Certes Fiona me voit encore, Margie peut me guider mais je n'avance guère et le but à atteindre semble toujours aussi improbable. Je n'ai jamais su lâcher prise dans ma vie, croyant tout contrôler ainsi, ce qui me ferait sourire aujourd'hui si je n'étais pas si perplexe et tourmentée. Je dois comprendre encore beaucoup de choses avant de rejoindre le royaume des anges et pouvoir à mon tour veiller sur quelqu'un. Il se passe certainement des choses dont nous ne soupçonnons pas la teneur lorsque nous sommes sur terre, des messages que nous recevons sans prêter attention. Certaines personnes appellent ça un signe, le hasard, une coïncidence, parlent parfois d'un air « de déjà vu » mais nous avançons dans l'inconnu, nous sommes emportés par la vie qui file et qui souligne un peu plus chaque jour l'étendue de nos incertitudes.

Durant toutes ces années, quand je cherchais Lisa, je m'apitoyais sur mon sort et me recroquevillais sur moi-même. J'aurais voulu cent fois m'endormir et ne jamais me réveiller pour avoir une mort qui me paraissait meilleure que ma vie. Mais j'oubliais une règle fondamentale semble-t-il. Il parait que les épreuves sont le lot de nos vies terrestres, parfois un passage obligé avant de plus douces perspectives. Il nous faut les affronter, vent debout pour ne pas avoir à recommencer sans relâche et à subir encore et encore jusqu'à ce que la lumière se fasse enfin.

Je commençais à me sentir plus légère, plus calme.

Je laissais le temps se dérouler et bientôt, je vis s'ouvrir des chemins.
Je me rendis un soir à Monterey. L'endroit semblait déserté. Il n'y avait plus personne ; je fus décontenancée et me sentie perdue sans ces gens sans vie qui éclairaient pourtant la mienne. Un écriteau signifiait :

*Destruction prochaine.
Merci d'évacuer les lieux.*

Je déambulais un long moment. Certains avaient laissé des affaires, comme pour signifier une rupture, un nouveau départ ailleurs. Quelle ne fut pas ma surprise lorsque je vis dépasser du carton sur lequel dormait mon jeune inconnu le fameux livre oublié…. Oublié sans doute ou jeté. Je me ruais dessus tentant désespérément d'en soulever la couverture mais sans succès. J'essayais à nouveau et ne réussit qu'à m'emporter un peu plus jusqu'à ce que la solution m'apparaisse enfin : Tom et Fiona

Je fonçais à la maison à la vitesse de la lumière, on peut le faire quand on est un pur esprit...

- Fiona, où est Papa ? vous devez vous rendre à Monterey immédiatement. J'ai peut-être trouvé quelque chose qui appartenait à ta sœur. Il faut absolument que vous m'aidiez.

Tom sortit de la salle de bain torse nu. Je redevins femme un instant, une femme sans corps, mais qui désirait encore…

- Que se passe-t-il Fiona ?

- Maman est là et veut que nous allions à Monterey

- A Monterey, maintenant ?

- Il le faut absolument répétait Fiona reprenant mes mots, il y a un endroit où des sans-abris avaient élu domicile. Il faut y aller tout de suite. Je vous guiderais. Il faut que l'on récupère un objet très important qui pourrait nous aider à retrouver Lisa.

Nous voilà partis, je suis dans ma voiture, invisible, prête à tout pour retrouver la trace de ma fille Lisa, je culpabilise d'avoir abandonné les recherches ; je dois réparer cela pour passer en paix de l'autre côté.

Nous arrivons sur place, rien n'a bougé, mon regard se fixe sur le bord de livre comme pour le pétrifier. Je dis à Fiona de courir vers le carton et de prendre le livre qui se trouve dessous. Tom regarde tout cela, désemparé ne comprenant rien à toute cette mascarade. Sa vie a basculé dans le bonheur le jour où il m'a rencontré et sombré en quelques secondes, il y a si peu de temps. Je m'en veux d'être partie brusquement sans prévenir.

Fiona revient en courant le livre à la main elle le tend à son père qui s'en saisit.

- C'est celui-là ?

Je devais voir la première page c'était le plus important.

- Ouvre-le, demandais-je à Fiona

Tom rabattit l'épaisse couverture d'un livre... que j'avais tenu si souvent entre les mains.

« Pour toi ma petite Lisa chérie,
Ta maman qui t'aimera toujours »

Le choc fut terrible, les pensées se bousculaient dans mon esprit. Où est le jeune inconnu qui tenait si précieusement ce livre contre lui ? Je ne pus que demander à Fiona de récupérer le livre, de l'emporter à la maison et de le garder dans sa chambre en attendant...

Je possédais désormais un élément capital mais qui ne m'apprenait cependant rien sur le devenir de ma fille. J'essayais de voir le résultat positif de ma quête et d'y puiser le courage d'aller de l'avant. Ce livre devenait le seul lien avec Lisa, je devais absolument retrouver le jeune homme. Personne à mes côtés...

Le temps filait, je n'avais nulle trace du mystérieux jeune homme. Je doutais soudain. Était-ce une fausse piste ?

- Tu vas trouver, me souffla Margie, ne te crispe pas, laisse ton esprit libre pour qu'il accède à l'inconnu.

Je devais faire venir ce jeune homme à moi doucement, laisser s'écouler le temps, attendre sereinement.

Je suggérais à Tom de coller des affiches avec la photo du livre perdu ou laissé, un peu partout dans la ville et particulièrement à proximité du lieu où nous l'avions découvert... Le propriétaire du livre se manifesterait peut-être.

Une semaine passa sans porter nulle nouvelle. Je restais devant chez moi à guetter le moindre mouvement, la moindre visite inopinée. Mais là encore l'attente fut longue, pénible et comme dans la vie terrestre, ce fut lorsque je cessais d'espérer que les choses se décantèrent.

Je pensais à Lisa et au peu de temps, si lointain, que nous avions passé avec elle et son père. Comment serait-elle aujourd'hui 15 ans après, à qui ressemblerait elle. Impossible d'imaginer un visage. Je pourrais peut-être la revoir bientôt, d'une certaine façon. Elle, ne pourra plus jamais me voir, ce qui est vraiment cruel.

C'était une enfant rebelle. Elle refusait de faire ce que je lui imposais, voulant très tôt affirmer sa volonté, tracer son propre sillon, sûre de ses choix et quelque peu entêtée. J'espérais que ces traits de caractères l'avaient aidée à affronter une destinée si particulière, lui permettant de survivre face à l'adversité et de surmonter le terrible chagrin d'avoir été arrachée à l'amour de ses parents. J'ai toujours gardé l'espoir qu'elle s'en sortirait grâce à sa détermination même si je ne devais jamais la revoir. Ma douleur s'est quelque peu apaisée lorsque j'ai rencontré Tom et quand Fiona est née mais jamais l'oubli ne vint. J'ai été reconnaissante d'avoir une autre chance d'aimer, un nouvel enfant à chérir, un rôle d'épouse et de mère. Il n'y a rien de plus insoutenable que la disparition d'un enfant et toutes les

inquiétudes et les doutes qui vous accompagnent quotidiennement. Que devient-il, où est-il, est-il heureux, bien traité ou alors… ?
Perdue dans mes pensées, je vis soudain face à un arbre sur lequel était collée une de nos affiches, une personne qui semblait captivée par ce qu'elle lisait. D'un glissement, je m'approchais et reconnus le jeune homme que j'attendais…

Je fus frappé par la finesse de son visage et de ses traits. Il regarda autour de lui comme pour chercher l'adresse qu'il avait lue. Je me trouvais très près de lui, et malgré ses cheveux coupés très courts quelque chose le trahissait.

- C'est elle, me souffla une voix, la voix si douce de Margie, c'est Lisa.

Je sursautais comme si mon corps existait encore, j'avais envie de crier :

- Lisa ma chérie je t'ai enfin retrouvée mais aucun son ne sortait de ma gorge bien évidemment.

Pourquoi a-t-elle adopté une allure de garçon ? Fuyait-elle quelque chose ou quelqu'un ? Était-elle en danger ?

J'étais face à ma fille, enfin, tétanisée par l'émotion, vivant le miracle qui m'a été refusée de mon vivant mais que la mort m'offrait, un cadeau inespéré de la vie...
A la vitesse de la lumière, je suis à nouveau dans la chambre de Fiona.

- Fiona ! Fiona ! j'ai retrouvé Lisa ! elle est juste en face de la maison devant une affiche. Prends le livre, mets le dans ton sac à dos et descends prévenir ton père, il faut la retenir !!

Mon esprit battait si fort, je me retrouvais à nouveau devant elle comme pour l'empêcher de partir. Elle restait là cependant, elle regardait la maison semblant avoir compris que c'était la bonne adresse. Je vis Tom sortir avec Fiona, traverser la route en direction de Lisa. Comment allions-nous nous y prendre ? Je ne savais pas vraiment si c'était elle mais je devais faire confiance à Margie qui me l'avait soufflé...

- Que veut tu que je dise, maman ? me demanda Fiona

Tom avait déjà pris la parole comme guidé par un instinct inattendu.

- Bonjour, pouvons-nous t'aider ? tu as lu cette annonce ?

Il ou elle hocha la tête lentement, le visage empreint de gravité. Je voulais crier :

- Lisa c'est moi, c'est maman. Je suis là, tu n'as plus besoin de fuir ni de cacher ton identité.

- Comment t'appelles-tu ? Tom avait la voix grave.

Il n'obtint aucune réponse. Le regard au loin, mon jeune homme semblait prêt à s'en aller. Il fallait agir très vite. Je priais Fiona de montrer le livre que nous avions récupéré.

Il ou elle s'empara du livre avec une émotion indescriptible, s'y accrochant comme un naufragé à son radeau. De manière presque animale, elle le plaqua contre son cœur, l'entourant de ses bras comme jadis Lisa m'entourait, moi…

Fiona se risqua à demander.

- Tu es Lisa, c'est ça ?

Prise de panique elle s'enfuit en courant,

Tom et Fiona la suivirent :

- Attends ! attends, nous ne te voulons pas de mal !

Elle ne se retourna pas, s'éloignant à tout allure comme si elle redoutait de leur parler. Mais de quoi avait-elle si peur ?

- Nous avons un message de ta maman !

Elle s'arrêta net, les fixa un moment qui me semble interminable puis repartit de plus belle.

- C'est ma maman à moi aussi, elle s'appelle Corinne, criait Fiona de plus belle, avec une voix que je ne lui connaissais pas.

Elle se figea, se tourna lentement vers Fiona puis s'appuya contre un arbre en se laissant tomber assise et explosa en sanglots.

- Tu vas venir avec nous, tu ne risques plus rien, expliqua Tom. Je suis le mari de Corinne, nous avons des choses à nous dire.

Et Fiona, avec une assurance et une douceur inouïe vint s'assoir auprès d'elle. Elle la prit dans ses bras et fondit en larmes. Fiona pleurait mes larmes.

- Viens avec nous, tu seras en sécurité et tu vas tout nous expliquer.

Les deux sœurs, mes filles, restèrent un long moment ainsi. Je ne voulais rien dire encore à Fiona pour ne pas effrayer Lisa.

Je venais enfin de la retrouver dans des circonstances plutôt tragiques mais ma fille était de retour, parmi les siens sous la protection de Tom. Elle ne pouvait hélas m'apercevoir mais j'étais heureuse, comblée. J'avais sauvé ma fille. J'essayais de retrouver l'enfant qui m'avait été enlevée au détour d'une expression mais Lisa était aujourd'hui une jeune femme.

Elle regardait Fiona presque incrédule mais visiblement émue, surprise. Elle s'abandonna enfin, tendit la main à sa sœur et elles se relevèrent ensemble. Fiona sautait de joie, elle me décocha un clin d'œil, ravie. J'emboitais le pas à mes deux filles qui marchaient vers la maison avec Tom dans leur sillage, Tom qui les laisser s'éloigner un peu avec pudeur et délicatesse.

Je ne savais pas ce qui allait se produire maintenant. Allais-je passer de l'autre côté, disparaitre, les quitter définitivement, ne plus pouvoir les contempler ? La panique s'emparait de moi, je voulais prolonger cette magie et au moins parler à Lisa par la voix de Fiona avant de partir.

- Ne t'inquiète pas il te reste encore un peu de temps !

Je reconnus les douces intonations de Margie qui me réconfortait, toujours là au bon moment…

Je devais savoir ce qui avait éloigné Lisa de moi pendant si longtemps.

Nous venions tous d'arriver à la maison, Lisa semblait maintenant terrorisée, se demandant ce qui se passait et me cherchant du regard.
- Où est ma mère ? demanda t'elle soudainement.

Fiona avec sa spontanéité naturelle lui répondit :

- Elle est avec nous mais tu ne peux pas la voir.

- Comment ça je ne peux pas la voir ? après tout ce temps ? j'ai tellement attendu de la revoir !

- Maman est partie rejoindre grand-mère sur son nuage et de temps en temps elle nous rejoint, mais je suis la seule à la voir.

Lisa ne comprenait rien complètement perdue. Il fallait que j'intervienne, elle souffrait trop. Alors à travers la bouche de Fiona je m'entendis parler à Lisa.

- Je te retrouve enfin Lisa chérie, je t'ai cherchée pendant des années, j'ai connu l'enfer en te perdant.

  Aujourd'hui le sort en a décidé ainsi et c'est moi qui suis partie, fauchée par le destin, il y a une semaine. Mais ce drame, c'est aussi ce qui m'a permis de te retrouver pour que tu puisses enfin avoir une vraie famille.

Le regard de Lisa se noyait de larmes et sa voix emplie d'espoir m'interpella.

- Tu es vraiment là, maman ?

- Oui je suis là, je suis maman. Je n'ai pas grand-chose pour te le prouver car tu étais trop petite au moment du drame mais c'est vraiment moi. Maintenant tu dois me raconter ce qui t'est arrivée après ce jour tragique. J'ai eu la chance de survivre, ton père a été tué sur le coup. J'ai été légèrement blessée, les ravisseurs ont pensé que j'étais morte alors que je n'étais qu'inconsciente. Ils t'ont enlevée et je n'ai plus jamais eu de nouvelles de toi. Les tueurs ont été capturés et sont en prison actuellement, mais au moment de leur inculpation, ils ont affirmé qu'ils t'avaient tuée et qu'ils avaient fait disparaitre ton corps sans donner plus d'informations.

Lisa releva la tête, le visage tourné vers moi, ce qu'elle ignorait forcement. Son regard me transperça, je le reconnus à ce moment précis, il n'avait pas changé. Elle avait retrouvé un certain calme et s'apprêtait à raconter son histoire.

- Je ne me souviens pas de mon enlèvement. Je n'ai que de très vagues souvenirs, rien de plus. Je me suis retrouvée avec d'autres enfants dans un centre, une colonie de vacances peut-être, je ne saurais dire. Nous étions nombreux, des enfants arrivaient, d'autres partaient. Je ne comprenais pas grand-chose, je ne me rappelle pas avoir été maltraitée. Cela a duré plusieurs années et j'ai su plus tard que nous étions légèrement drogués sans doute pour ne pas poser de questions et rester dociles et soumis. C'est bien plus tard que l'on est venu me chercher ; j'avais 8 ans et j'ai été confié à un couple. J'ai été adopté. On m'a juste dit :

- Ce sont tes nouveaux parents, les tiens sont morts.

- C'était brutal mais c'était la seule vérité dont je disposais. Je n'ai jamais cherché à vous retrouver autrement que dans mes prières et en contemplant mon visage certains soirs.

J'ai eu une enfance heureuse. Je n'ai pas eu à me plaindre mais un jour j'ai surpris une conversation de mes parents adoptifs au cours de laquelle ils ont évoqué le centre dans lequel j'avais été recueillie. Les gens de ce centre utilisaient des méthodes bien peu recommandables pour disposer d'autant d'enfants. J'ai compris que j'avais été enlevé et donnée à une organisation criminelle. Celle-ci fournissait des enfants à des gens fortunés qui ne pouvaient pas en avoir. Tout paraissait correct, les formalités d'adoption étaient légales mais le mystère planait sur le recrutement. Personne ne savait d'où venaient les enfants qui arrivaient chaque semaine. J'ai interrogé à plusieurs reprises mes parents mais ils occultaient systématiquement mes questions en me disant que mes parents biologiques avaient péri dans un accident d'avion. Ne pouvant pas avoir d'enfants, ils avaient quant à eux déposé un dossier d'adoption depuis un moment lorsqu'ils furent contactés par les services sociaux de la ville.

Je me suis mise à chercher des informations sur internet, je sentais qu'ils me cachaient des choses.

- Où se trouvait ce centre ? demanda Tom.

- Je ne me souviens plus ; le voyage en voiture avec mes nouveaux parents avait été très long. Nous sommes arrivés à Monterey et j'ai grandi là-bas sans trop me poser de questions. En grandissant, j'ai eu besoin d'avoir des réponses sur mes origines. Je fouillais partout dans la maison histoire de trouver un élément quelconque qui puisse m'éclairer un peu. Je ne trouvais aucun indice, aucun document.

Un jour, un homme est venu à la maison de mes parents pour leur remettre des documents. Les adultes discutèrent un long moment. Je me souviens être descendu dans le salon mais on m'ordonna de retourner dans ma chambre. J'ai tenté de me faufiler pour entendre ce qui se disait au salon mais la porte était close. J'avais alors 16 ans et ma curiosité fut piquée au vif. Je me suis mis à chercher plus méthodiquement ; je devais trouver des informations et si une vérité existait, je voulais absolument la découvrir. Chaque jour j'explorais un endroit diffèrent, je cherchais surtout dans le bureau de mon père. Un document devait forcement s'y trouver. Puis un jour, je trouvais enfin un dossier dans un classeur jaune sur la couverture duquel figurait une grande étiquette sur laquelle était écrit :

Les Hirondelles,
Lisa

J'y découvris, mon formulaire d'admission, mes bulletins de santé, mes dossiers scolaires et également une coupure de journaux annonçant la fermeture du centre « les Hirondelles ».

Je voulais prendre la parole avant que tout ceci ne soit plus possible, je venais de retrouver ma fille et j'allais déjà devoir quitter ce monde. Elle ne pourrait même pas me voir et encore moins me serrer dans ses bras, la vie est injuste et cruelle mais c'était le prix à payer pour la retrouver. Dois-je m'estimer chanceuse d'être à mi-chemin entre deux mondes et d'avoir ainsi la possibilité de communiquer encore ? Sans aucun doute. Si je peux rester encore quelques jours, il me serait peut-être possible de passer un peu de temps avec Lisa grâce à Fiona.

- Tu ne t'es jamais rappelé de rien ?

- Non maman, nous étions droguées. Tout était fait pour nous empêcher de nous souvenir et de poser des questions au sujet de nos parents. Je n'avais plus aucun souvenir de toi ni de papa.

J'avais envie de fondre en larmes, mais je ne pouvais plus pleurer.

- Je t'ai cherchée pendant des années, je suis furieuse contre la vie.

Fiona, ma chérie, tu iras dans notre chambre et dans le placard de la penderie, au sol, tu chercheras une latte dans le parquet qui n'est pas fixée. Dessous, il y a une petite boite en bois, va la chercher s'il te plait ma puce.

- Cette boîte est pour toi Lisa, il y a des objets que j'ai voulu garder pour le jour où je te retrouverais et c'est aujourd'hui enfin ! Et comment as-tu pu garder le livre de contes ?

- C'est la seule chose qu'on m'avait laissé en me disant que c'était tout ce qu'il me restait de mes parents. Je me suis accrochée à ce livre physiquement et moralement ; il était la seule chose qui me restait de toi et de papa. J'ai dû le relire des centaines de fois.

Fiona venait de redescendre de notre chambre avec la boite en bois qui contenait les uniques souvenirs de mon ancienne vie. Elle la tendit à Lisa. Celle-ci la reçue comme

un trésor et alla s'assoir un peu à l'écart.
Tom se leva.

- Je vais te montrer ta chambre, tu as besoin de te reposer et regarder tout cela tranquillement. Ne t'inquiète pas, cette boite t'appartient.

Je restais là, dans mon salon, écartelée entre mes deux vies. Ma fille était saine et sauve et retrouvait enfin une famille même sans moi. Je pouvais m'en aller tranquille la sachant entourée d'amour et de bienveillance. Je voulais la voir s'endormir une dernière fois ; je sentais mon départ imminent et surtout j'ignorais si j'allais pouvoir éventuellement descendre et sous quelle forme. On dit souvent que les esprits vont et viennent, qu'ils accompagnent les vivants mais quelle certitude en avons-nous ? Je dois profiter de chaque instant qui me reste. En une pensée je me retrouvais prés de Lisa qui découvrait un monde qui fut le sien mais dont elle avait perdu jusqu'au moindre souvenir. Elle regardait une photo d'elle avec Claude et moi, tous les trois dans le jardin. Nous étions loin d'imaginer ce qui allait se passer peu de temps après, nous sourions confiants et heureux. Lisa pleurait ; j'aurais voulu sécher ses larmes, l'embrasser, la consoler enfin. Une idée folle me vint : je me rappelais que John m'avait dit qu'avec la pensée, nous avions le pouvoir de pénétrer le monde matériel à un moment précis de notre périple. Se pourrait-il que ce soit désormais possible pour moi, n'aurais-je pas enfin atteint cette grâce accordée ?

Je sollicitais à nouveau Fiona, par la pensée cette fois.

Elle frappa délicatement à la porte de la chambre où se trouvait sa sœur.

- Lisa c'est moi, c'est Fiona, je peux entrer ?

- Oui entre Fiona !

- Maman me dit de te dire qu'elle est dans la chambre, assise au bord du lit.

Lisa regardât dans la direction indiquée avec une tendresse indescriptible. Il y avait sur le bureau un bloc de papier avec un stylo…

Je me levai et allai prendre une feuille blanche. Le stylo vint à moi, c'était impressionnant.

Lisa n'en croyait pas ses yeux. Elle fixait la scène, intriguée voire inquiète. Fiona parvint à la rassurer ; elle lui souriait et la couvait d'un regard serein et apaisé tout en lui tenant la main.

Je pensais seulement à ce que je désirais écrire et la magie se produisit. Le stylo traçait les lettres et les mots s'inscrivaient par la seule force de ma pensée, c'était extraordinaire !

Je t'aime très fort, Lisa
Je t'aime aussi très fort, Fiona
Maman ...

A cet instant je me sentis happée vers le haut par un courant doux et puissant à la fois. Je ne ressentais aucun tourment, je baignais dans une plénitude nouvelle.

Je voyais mes deux filles penchées sur cette feuille blanche aux inscriptions célestes.

Elles se tenaient toujours par la main.

Ce fut la merveilleuse vision que j'emportai avec moi vers ce qui m'attendait…

© 2021, Calene, Tim
Edition : Books on Demand,
12/14 rond-Point des Champs-Elysées, 75008 Paris
Impression : BoD - Books on Demand, Norderstedt, Allemagne
ISBN : 9782322182077
Dépôt légal : avril 2021